DISCOURS

SUR LES

RAPPORTS DES PROPRIÉTAIRES DE BIENS RURAUX

À FERME ET LEURS FERMIERS

PRONONCÉ

PAR M. LE Bon THÉNARD

AU

COMICE DE FONTAINE-FRANÇAISE

En 1861

PARIS

TYPOGRAPHIE DE COSSON ET COMP.

RUE DU FOUR-SAINT-GERMAIN, 43

1862

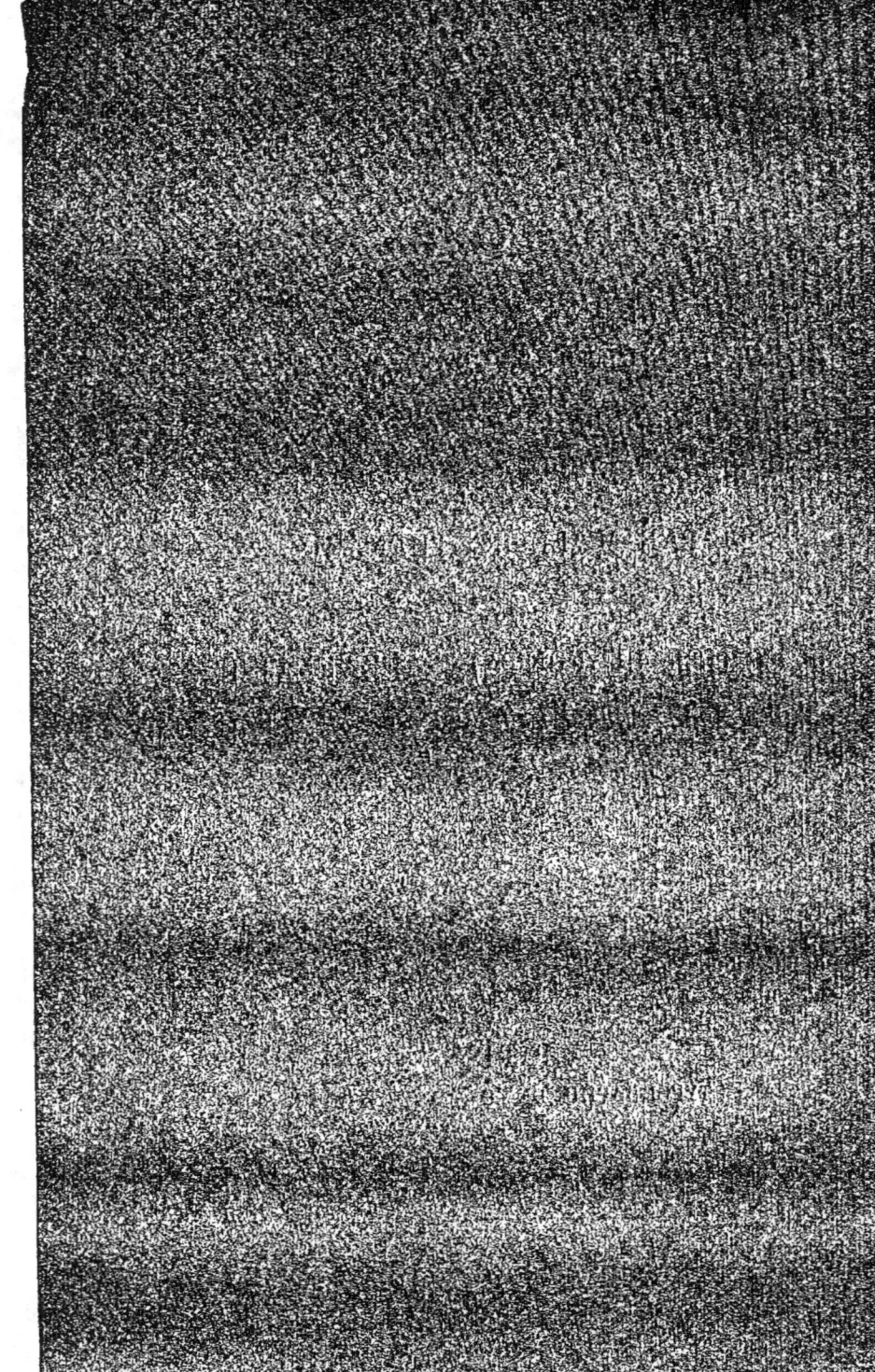

DISCOURS

SUR LES

RAPPORTS DES PROPRIÉTAIRES DE BIENS RURAUX

A FERME ET LEURS FERMIERS

PRONONCÉ

PAR M. LE Bon THENARD

AU

COMICE DE FONTAINE–FRANÇAISE

En 1861

PARIS

TYPOGRAPHIE DE COSSON ET COMP.,

RUE DU FOUR-SAINT-GERMAIN, 43.

—

1862

34875

DISCOURS

SUR LES

Rapports des Propriétaires de biens ruraux à ferme et leurs fermiers

PRONONCÉ

Par M. le Bon THENARD

AU

COMICE DE FONTAINE-FRANÇAISE

En 1861

MES AMIS,

Savez-vous quel est le plus grand, le plus beau, le plus sérieusement utile, indispensable, de tous les progrès qui pourraient se réaliser en agriculture ?

Ce serait de faire cesser cet antagonisme, cette défiance, cet attachement douteux, qui existent entre les propriétaires de biens ruraux à ferme et leurs fermiers ; ce serait de les amener à s'aider réciproquement, à s'aimer réellement, au lieu de s'envier et, jusqu'à un certain point, de se rapiner mutuellement.

Si ce langage vous étonne, que les fermiers et

les propriétaires qui m'entendent descendent dans le fond de leur conscience, et s'ils n'essayent pas de l'abriter derrière quelques brindilles d'améliorations, quelques sacrifices illusoires, quelques détails insignifiants, quelques complaisances sans portée, quelques actes futiles, que je pourrais appeler de simple politesse, leur conscience leur dira: Ce qu'il nous dit là est peut-être dur, mais c'est malheureusement vrai.

Maintenant, voulez-vous savoir la cause d'un état aussi fâcheux pour les uns que pour les autres?

Elle est tout entière dans l'ignorance où sont le plus souvent les propriétaires et les fermiers des choses, je ne dis pas de la culture, mais de l'agriculture, ce qui ne se ressemble pas.

En effet, autre qu'une source de revenus que par des moyens plus ou moins bons il cherche à accroître, qu'est un domaine pour la plupart des propriétaires?

Savent-ils généralement à quelles conditions il peut être exploité avec fruit? Tiennent-ils toujours compte des capitaux qu'y engage un fermier? des chances désastreuses qu'il court, pendant que celles qui sont favorables sont rares et minimes ? Mettent-ils une différence suffisante entre la perspicacité, l'économie, la force, la santé, le travail d'un fermier et d'un autre fermier ? Que leur importent tous ces détails ? Pour la plupart, à peine s'ils savent qu'ils existent. Ils voient bien, il est vrai, leurs revenus bien ou mal payés, allant en augmentant ou en diminuant, mais en rien ils ne s'inquiètent des causes de ces changements, et, suivant que les choses vont du bon ou du mauvais côté, ils se gaudissent ou se désolent et ne jugent que par le fait.

Quant aux fermiers, c'est autre chose ; le plus grand nombre se préoccupe sans cesse des moyens de sucer la terre à fond. Que leur fait l'avenir ? Il ne leur appartient pas ! C'est le présent seul qui les inquiète ! S'ils épuisent la ferme, après celle-là une autre. D'ailleurs, la mieux-value ne serait pour eux qu'une cause d'augmentation ; et, certes, si le bail ne contenait quelques clauses protectrices, ils mèneraient les choses bien autrement rondement !

Telles sont les pensées intimes et des uns et des autres, telles sont aussi leurs principales causes de ruine ou au moins d'amoindrissement.

Cet état peut-il toujours durer? La société, sans réagir, peut-elle tolérer un antagonisme qui la menace sans cesse? N'a-t-elle pas le droit, bien plus, n'est-elle pas dans la nécessité d'abandonner ceux qui, pour se disputer et se voler réciproquement, l'abandonnent ainsi au lieu de la servir, et, quand ce serait le libre échange, ne doit-elle pas chercher un remède à son mal?

Ce droit de la société est incontestable, et elle en a usé! Aujourd'hui le fait est accompli : les écluses sont ouvertes : la protection spéciale qui couvrait nos produits n'existe plus. Les produits étrangers peuvent nous inonder, les nôtres inonder l'étranger, le fameux mot : *Chacun pour soi et Dieu pour tous* a été prononcé : la lutte est engagée.

Serons nous vaincus? ou serons-nous vainqueurs?

Vaincus! sachez-le bien, c'est l'abaissement, la misère et la mort! Vainqueurs! c'est la vie, la richesse et la paix; c'est la tranquilité de l'avenir, l'oubli de luttes fratricides, la gloire et le triomphe du pays!

Vous tous qui êtes ici, et qui, à l'occasion, savez verser votre sang ou celui de vos fils pour l'honneur du drapeau, resterez-vous en arrière dans ce combat à outrance des intérêts français contre les inrêts étrangers? Certainement non !

Mais par quelle voie triompherez-vous? C'est par le progrès et par la concorde, par l'intelligence de vos vrais intérêts !

Quant aux progrès des méthodes, on vous en a assez parlé, et ceux qui n'y croient pas aujourd'hui n'y croiront jamais. Passons-le donc pour l'instant sous silence, et parlons un peu de ce concert d'efforts, de cette intelligence de nos vrais intérêts qui, jusqu'à présent, nous ont trop fait défaut.

Tout métier, même celui de propriétaire de biens ruraux à ferme, demande, pour le bien faire, un long apprentissage. Eh bien, les propriétaires savent-ils généralement leur métier ?

Où l'auraient-ils appris? Est-ce au collége? Quand on le peut, on y devient bachelier, puis on cherche une place, une position soi-disant libérale, ou bien l'on baguenaude, sans rien faire ni penser, en attendant un mariage plus ou moins favorable qui vous donne plus ou moins de fortune à gérer. Mais les habitudes sont prises; engagé dans une carrière quelconque, on poursuit cette carrière sans s'inquiéter de son bien. N'ayant rien à faire, ou plutôt n'ayant rien voulu faire, l'intelligence s'est trop oblitérée, le travail est devenu trop lourd, et, ne pouvant s'y remettre, afin cependant de se laver de sa fainéantise, on érige la paresse en aristocratie.

Puis l'on arrive ainsi à ne pas savoir, à ne pas vouloir, à ne pas pouvoir gérer son bien. Par exemple, on donne beaucoup dans toutes les chimères agricoles, dont le brillant mirage vous montre des montagnes de richesses derrière lesquelles se cachent des abîmes de ruines trop réelles.

Mais si peu de propriétaires, faute de notions agricoles suffisantes, s'en remettent au hasard toujours aveugle, toujours trompeur, pour gérer leur bien ; croyez-vous que, généralement, les fermiers se dirigent eux-mêmes en s'appuyant sur des principes plus sûrs?

Mais où donc, eux aussi, auraient-ils appris leur métier?

Parbleu ! au village, chez leur père, dira le plus grand nombre.

C'est encore là une grave erreur, et vous allez le voir.

Où nos bons ouvriers d'état, tels que les tailleurs de pierre, les charpentiers, les serruriers, les forgerons, les maçons, apprennent-ils leur métier? Est-ce au village, chez leur père ou leur voisin? Certes, non; ils s'y dégrossissent, voilà tout, et c'est dans leur tour de France qu'ils s'achèvent et deviennent réellement habiles.

Eh bien, pourquoi l'agriculteur, dont le métier est singulièrement plus varié, plus difficile, aurait-il le singulier privilége de tout voir, de tout apprendre sur place? Qu'il apprenne sur place à tenir une charrue, à panser un bétail, à semer un champ, à faucher une récolte, ceci est évident, il n'y a pas besoin de se déranger pour cela; mais ce n'est pas sur place qu'il apprendra à connaître les plantes nouvelles utiles et variées, les diverses races d'animaux et leur mode d'élevage, les assolements qui conviennent à tel ou tel genre de terrain, le calcul comparatif de spéculations infiniment nombreuses, les modes d'amendement des sols de toute nature que certainement le hasard lui donnera à exploiter, le rapport le plus productif entre le capital engagé sur telle ou telle surface ou bien telle ou telle autre.

Au village, il n'apprendra que la formule du

village, il ressemblera à un spadassin qui, ne sa-
chant qu'une botte, se croirait invincible avec cette
botte-là ; et, de même que le spadassin serait inévi-
tablement tué si, dans le combat, il ne trouvait à
placer sa botte, de même le cultivateur qui n'a
appris l'agriculture qu'au village sera bien vite
renversé, ou au moins courra les plus grandes
chances de ruine, pour peu qu'on le change de
conditions géologiques, économiques, commer-
ciales ou industrielles, ce qui nous arrive aujour-
d'hui.

Malheureusement, non pas cette ignorance de la
culture, je ne vous fais pas cette injure, mais cette
ignorance de l'agriculture est le cas le plus fré-
quent des fermiers de nos contrées ; et, sous ce rapport, ils sont tout aussi insuffisants que les propriétaires eux-mêmes. Mais alors, avec cette insuffi-
sance de connaissances agricoles et dans ce grand
mouvement qui tend à augmenter le prix de re-
vient des choses de la terre et à diminuer leur prix
de vente, comment les propriétaires et les fermiers
s'en retireront-ils ?

Je ne vous dirais pas ces choses, mes amis, si
elles ne devaient que jeter le trouble dans vos es-
prits et le désespoir dans vos cœurs ; mais, non,

rassurez-vous et prenez confiance. J'ai vu bien des pays moins favorisés que les nôtres sous le rapport du sol, du climat, des marchés, des voies de communication, que les mesures nouvelles n'ont pas pris au dépourvu; quelques-uns même les ont chaudement appuyées. Mais dans ces pays-là les notions agricoles sont tellement répandues, que propriétaires et fermiers les connaissent à fond, et dès lors, de même que des joueurs très-habiles, qui connaissant leurs forces, ne cherchent pas à se tricher, nul antagonisme fâcheux ne les divise entre eux; au contraire, ce sont des associés dirigeant sans cesse leurs efforts vers le but commun, qui bientôt deviennent des amis, où l'un veille sans cesse aux intérêts de l'autre, où l'autre veille continuellement aux intérêts de l'un, au plus grand profit et au plus grand succès de l'association mutuelle.

Ils savent, d'ailleurs, qu'à l'instar de l'industrie, l'agriculture n'a de prospérité durable qu'autant qu'elle marche avec le progrès, et que le progrès exige des sacrifices constants ; mais ils n'ignorent pas non plus que le succès d'une opération industrielle, pendant longtemps continuée entre mêmes personnes, repose en grande partie sur les avan-

tages réciproques et assurés que chacun y ren-
contre.

Tout propriétaire sait donc que dans les mains
d'un fermier qui ne gagne pas, son bien est sans
avenir, et qu'il diminue même généralement de
valeur ; que, par conséquent, il est pour lui du
plus haut intérêt que le fermier réalise des bénéfices sérieux, qu'il jouisse de ses avances et qu'il
en soit toujours très-largement couvert ; mais tout
fermier comprend aussi que toute avance par le
propriétaire doit porter un intérêt tel, que ce soit
pour celui-ci le meilleur et le plus sûr des place-
ments ; il comprend encore qu'avec l'avilissement
rapide et continu de la monnaie, tout domaine
dont le prix de location n'augmente pas, non pas
seulement par le fait des améliorations, mais uni-
quement par le fait du temps, est un domaine dont
le revenu s'abaisse réellement, bien que restant
nominativement stationnaire. Dès lors, s'il les
discute, il accepte cependant des augmentations à
chaque bail nouveau.

Mais dans les terrains de longue main fécondés,
il est deux intérêts bien autrement majeurs, qui
les lient l'un à l'autre et assurent la durée de leur
association : c'est, d'une part, l'abus qu'un fer-

mier mécontent peut faire du sol qu'il cultive,
abus qui, avec une moins value, entraîne encore
pour le propriétaire une perte de temps dans la
progression ascendante de ses revenus; pendant
que, d'autre part, chaque changement de ferme
charge le fermier de dépenses considérables, qui
dépassent de beaucoup les bénéfices que par un
usage abusif il aurait pu réaliser dans l'exploita-
tion qu'il quitte.

Dès lors, dans ces pays-là, les conditions, la durée,
l'augmentation des baux, sont sagement calculées,
et, afin de prévenir toute surprise, les baux sont
soigneusement et longtemps renouvelés à l'avance;
rarement, d'ailleurs, les dépenses d'améliorations
foncières par le propriétaire font défaut au fermier;
rarement aussi les dépenses d'améliorations mobi-
lières par le fermier font défaut au propriétaire.
Mieux que chez nous, tous les intérêts sont donc
sauvegardés; le présent n'absorbe pas tout, pendant
que l'avenir est complétement oublié, et ni le présent ni l'avenir ne sont ingrats.

Mais mieux que des paroles la vue des faits entraîne les convictions; aussi, propriétaires ou fermiers que nous sommes, nous devrions, en grand
nombre et au prix de quelques sacrifices, visiter

un peu ces pays-là, prendre un aperçu de leurs méthodes, de leurs usages, nous inspirer surtout de leur esprit. Nous devrions y faire séjourner quelques-uns au moins de nos enfants, après les avoir fait passer par les fermes-écoles ou les écoles régionales. Bientôt alors, mais seulement alors, en faisant l'application de ce que nous y aurions appris, les choses changeraient chez nous : le sot antagonisme qui nous divise, disparaîtrait, nous nous relèverions de l'état d'abaissement où nous sommes, et, loin d'être pour nous une cause de ruine ou tout au moins un fantôme menaçant, la liberté commerciale, que l'Empereur vient d'inaugurer, deviendrait en peu de temps une source féconde de puissance et de richesse.

Paris — Typ. de Cosson et Comp., rue du Four-Saint Germain, 43.

www.ingramcontent.com/pod-product-compliance
Lightning Source LLC
Chambersburg PA
CBHW061444170626
46811CB00005B/2354